歌集

ひかりを渡る舟

立花　開

角川書店

〈目次〉

装画　キムラトモミ
装幀　南　一夫

歌集　ひかりを渡る舟

立花　開

I

一人、教室

君の腕はいつでも少し浅黒く染みこんでいる夏を切る風

ウォーリーを探すみたいにグラウンドから探し出すその頭蓋を

セーラー服色のチューブを探してる一気に塗ってしまいたくなり

「特別」と言われた日から特別というものになりライラック咲く

うすみどりの気配を髪にまといつつ風に押されて歩く。君まで

傷つけ返せはしなかった日々　鋭利なるステンドグラスの光にさらす身

辛いとか悲しいだとか吐き出した浅蜊を食べる夕立の席

消えかかる少女がたたずむシャーペンに「変わってほしい?」と聞く六限目

深海に部屋ごと引きずり込まれゆく孤独は蛸の容をしている

ハナカマキリは美しく残酷な心あり友の笑顔の裏の悪意よ

まろやかな夕陽の赤には混ざらない怒り　淀んだ川に浮く虹

ピエロになる悲しい顔はいらないと笑った顔だけしかいらないと
わたくしをぜえんぶ隠す笑い顔だれかが描いた涙の模様

赤色の涙を流している今日はヘモグロビンがとても足りない

しあわせを探しに行ったチルチルとミチルのようにちょっとそこまで

光吸う曇天色のセーラーの肩にかすかに光る雨受く

（花曇りから削がれたる雨が打つ電車のそとの世界に）降りる

教室の窓にて縫い止められている身体をみどりにして飛び立ちたい

遠い日に遠くで滅んだアトランティスを憂う水路を沈めゆく雨

新緑のすき間に光る木漏れ日に五月のただなか目覚めれば性

やわらかく監禁されて降る雨に窓辺にもたれた一人、教室

師ではなく男であったやわらかな絹のような髪風にまかせて

きっぱりと立つ浅瀬にて足もとに縋り付きたる人魚のなごり

君の心に廃墟はありて喉元までまといつき咲いている沈丁花

真夜中に隔絶された助手席で／君の腕だけ照らし出す月

抱きしめる君の背中に我が腕をまわして白い碇を下ろす

下の名を呼ぶ練習をする前に言葉を忘れたけだものとなる

投函をしそこね出掛けるはつなつの海に投げ捨て　透明になれ

白百合のおしべの先っぽちょんぎったケータイメモリーT・Yを消す

来る波がだんだん小さくなることに安堵の海を泳ぐ寂しさ

世界の終点

雨は降り光やわたしのいる駅を包んで世界の終点とした

踏み切りを大きくまたぐ降りやめば二本の脚は虹のようなり

泣き終えてみずうみとなる　この心凪いだ日はいつも春だけ、さよなら

夕焼けを返して光る教室の机の水面にだまってふれる

プリーツのスカートひらひら花びらのようにはだけて真白いめしべ

美しい一直線をただ駆ける風を彫刻していく背中

夕焼けの密度が濃くなる音楽室　ふたりはサグラダ・ファミリアの影

無機質のものみな生より輝けり　かしゃんかしゃんと天気雨降る

いま私のためだけに吹き寄せられた風狂う渡り廊下のおわり

流れゆく雲は薄かり　守れないものばかり映した学舎の窓

灼きつくす朝焼け　目覚めの始まりはいつも何かの爆発がある

白鷺が電線に留まり瞑想すこの世の雨の終わりについて

磨り硝子の向こうに古代の海があり泳ぐシーラカンスの幻

刺青を重ねるように　鮮やかなセカイよ痛みを伴って見る

セーラーを脱いだら白い胸にある静かな風をゆるす抜け道

濡れた躰を桜の上に投げ出したじき腐敗する地上の魚

春荒れに乗って飛び立つスカーフは今ごろ海を渡りゆく鳥

一対の水晶をすり減らしゆく世界は流れつづける濁流

早春の薄墨ほどの花かげにまぎれて裸足のままで佇む

霧雨に溺れてビルを見上げればわたしは水底の貝のようだよ

台風はレンズの粒子捲いて去る花の産毛がゆれてきら、きら

ほんとう、を教えてよって公園の鳩だけが聞くこぼれた本音

母のないワラビーの目に真空の寂しさ宿り銀河がみえる

振り向けば夕焼け深く吸い込んで恍惚として融けゆく校舎

アルペジオのような太陽ふりそそぎ初夏こんなにも音楽が満つる

Ⅱ

五線をたどる指

三月の君の手を引き歩きたし右手にガーベラ握らせながら

鍵盤にとても優しく触れたなら届くでしょうか私の鼓動《パルス》

花水木の花咲くコンビニまでの路シャネルの石鹸の話聞きつつ

すれ違う電車が窓へ投げ入れた鱗散る海からきた光

図書室で外を眺めて友を待つ五線をたどる指止めたまま

外は風。窓を隔てて鳴り響く聖歌にしたたる血ばかりが見ゆ

歩くたび楽器ケースの鍵が鳴り水辺でささやく羽虫増えゆく

春泥で汚すつま先　傷つくことばかりされてもまだ好きな馬鹿

桃の皮剝くような手でコットンのブラウス脱げば生まれる何か

木漏れ日が火傷のように揺れている背中を見つめてばかり　燃えてよ

シロップとミルク注げばはつなつの雪とは上昇するものなのか

クーラーで冷やされ湿る二の腕をむき出しでする相談あわれ

時刻表があえかに灯る　燃やされたバッハの楽譜の炎混じりて

月光が射しこむ時間にかかりくる電話の向こうで音叉響きぬ

まひるまの海を見に行く。聴きに行く。ひとりでも夏は産めるのだから

降りそうで降らない湿りのなかに立つ鉄塔はよりかたくなな処女

回遊魚の頃の夢見つ髪の毛をまさぐる指にめまい起こせば

海へ投ぐ

夏に咲く花々のこと眼裏に息づかせ今はただ広い海

海鳴りに左の鼓膜を震わせて歩く　聴き続け老い続けゆく

明るすぎて冷たい浜辺　持ち切れぬものとして足跡を残せり

眠りいる私の獣のたてがみを梳く海超えた遥かなる風

母鳥が卵を抱くぬくもりや　私の睫は冬の海抱く

親指で世界から音を拭いとる静寂は光が満ちるということ

その唇にさびしきことを言わせたい例えば海の広遠などを

70％の海の０・０００１％は涙

私には打算ばかりだ　照り残る夕陽がからむ足首重く

そばにいたいとか言われても今更で　あんなに海へ投げた林檎も

ロンドンに降る雨はきっとあたたかく生春巻きからエビは透けおり

友人はノートに頰をかぎりなく寄せながらその影に詩を書く

さみどりのグリーンピースのたましいよ憧れのまま蓋する心

秋に降る声

金木犀の匂いは白き鳩のかたち撃ち殺すのも誰かの愛さ

陽が射すとこんなに明るくなることを　触れえぬ位置の紅葉も、君も

果樹園でじき見失う人だろう。立ち止まるたび葉陰に消えて

ふいに燃えふいに雨降る森のあるちちふさの上に置く青き本

ひかる葉をあなたに向けたささやきとして落葉は秋に降る声

冬空の高さばかりを知り尽くしあとはなんにも知らない二十歳

真冬の月は色を吸われて鍵盤の白さ触れればおそらくB　52Hz

二つの校舎は音叉のように響き合い真中に立てば黒髪伸びゆく

ぬるま湯で洗う葡萄の弾力や喉までことばは出るのだけれど

去年より毛羽立つマフラー巻きつけた中でしかもう君の名を呼べぬ

求めるだけならけものと同じ　はるのゆきを端から踏んで水にしており

まだ春は来なくてよくてバレーボールを雑木林へ蹴って隠した

雪を待てばあなたを待てば切らないでいたが首すじに花影うつす

二回目にみる花水木咲き始めだす道君を忘れゆく道

一輪の赤のガーベラ手渡して　君の手に触れてもいいですか

夕焼けで稲穂が金に燃えさかるどの恋もわたくしを選ばない

痺れ

あたためたオリーブ・オイルが遥かより垂らさるる窓際の午睡に

新緑の川の流れをささやかに塞き止めるピンのようなる春鴨

人体の群れに会うたび眠くなるたまらなく眠くて末端痺れぬ

練習室にて男はばかと友は言うピアノの指は動きつづける

窓ぎわに座るあなたの恋人がまぶしくてレンズ越しに話せり

コンタクトがずれたと言って俯いた頬のにきびの穴を見つめる

降らぬ雨にもにおいはあって駅前にペットボトルは溢れさざめく

春の夜は時計をすべて隠しましょう時間の逃避を見逃すために

川べりに草木は紙のように揺れ詩で埋めつくせと輪唱の風

グラフの中の春、その他

見上げれば水晶体の魂をかるがる吸いし朝の半月

基礎体温のグラフの中にも四季はあり高温期にゆれる蒲公英が見ゆ

菜の花は耳を澄ませば弾けつつ咲きたり気泡のなかより春が

どこか遠くの異国の海はきらめいて民家の屋根にもこぼれる光

足踏み式オルガンに合わせ呼吸する　眠ればあなたに弾かれる楽器

車窓から眺める時間が溜まりゆく器となりぬ君の街まで

彼の人の記憶で生きていた木々を焼き尽くすごとく手は熱くあり

真鰯のトルネードのなか立ち尽くす快楽に骨も巻き上げられて

遠鳴り

呼び合うようにあなたの骨も光ってね龍角散飲み下す夜に

君の土地で生まれた水を君は飲む身体の中は誰もが一人

傘のまるみにクジラの歌は反響す海へとつづく受け骨の先

航跡に水面は白く泡立って生まれた言葉をクジラは食べる

クジラには万の言葉が満ちていて時折悲しみが遠鳴りす

Ⅲ

野火の響き

死ぬなとは思えないのにただ急ぐ白々しさよ青空が痛い

アクセルを踏み込めば映りきたる空の青つぎつぎに撥ねたる心地

供花《くげ》もなく葬儀は済んで輪廻から外れた人を燃やしに行きたり

つきつめればこの火があなたを焼いたから言葉もなべて胸で燃えゆく

言い切らぬために想いを燃やしても野火の響きが空に吸われぬ

はてしなく天井高き夏の部屋に響きぬ骨を打ち砕く音

ひりひりとあなたの骨があなたから剝がされ黙《しじま》はこんなに白く

光射し逝くものわずか蜩をただの餌として蟻が運びぬ

人などであらねば易しき生ならんただ野を駆けるだけなら、こんなに

死の字にはやまいだれなく守られぬ死顔ひとつ自死をさらせり

陽炎ゆ湧き出でる水そのなかを足首細きあなたは逝った

はなのくび　誤りたればいつまでも諸手にのこる重さ　ぽきりと

割れた硝子あんなに遠くに散らばってここは名のない砂丘となった

玻璃のみる夢の甘さに喉が渇く　どんなガラスも割れれば綺麗

遺影をつつむ硝子を割ればむき出しのあなたの顔の波に溺れた

五月の金平糖《コンフェイト》

あの街で何度も影は重なって触れて濃くした腕のところ

目をつむり互いを焦がすため触る最後とわかる手のひらの熱

（浮上できるあなたの気泡の白さ）今はただ手離すことのみが愛だった

最後ゆえ華やぎ終われぬ会話なれば私からやめることを切り出す

請う声がこんなに苦い　貸しあった本の話のあとの別れは

会っても会っても千切れていたがこれきりと五月の夜風に混ざるコンフェイト

砂丘くずれ私の胸も崩れゆくようやく終わるひとつの恋に

今生は子を持たぬままこのままで旅人として海に撒く骨

本当に君の子どもを産みたかった　さよなら、ららら、君への卵子

呼ぶたびに言葉が傷を負うことを知りつつ幾度も呼びたき名あり

雨が止んでも葉にまといつく水滴に打たれてふいに泣きたくなりぬ

声から

眠れぬ夜にぷつりぷつりと裂けながらもしんじつを隠していく余生の朝

窓ぎわの猫一度鳴く　笑わねばならぬ日が重なって剝がれぬ

どの扉も開けるのが怖いその先のあなたをいつも助けられない

雪の下でねむるものらの息しろく立ち昇りゆく水撒きのあと

融雪剤ばらまいているこの生の行き着く先で佇むひとが

チェシャ猫のはならび美し歯の裏に心あるゆえ笑って守る

玄関を朝の光が埋めつくす不在はこの世を明るくしすぎる

咲き乱れる（生なきものの足跡に）すずらんすずらん白きすずらん

流れゆく時に雪客《せっかく》てんてんと休符のように佇んでいる

真ん中に寄り集まって滴って落ちそうな無表情で俯く

照らされて揺れるほこりをじっと見る　声から思い出せなくなるのか

夕陽に溶ける

尿《ゆまり》のにおいに湿った風が我を押し、我の支える老犬あるく

もう歩けず片眼も見えず祖母も逝きひねもす眠る白き置物

生きる世はまばゆしと人は言うけれど躰をまるめるだけである影

語りたきことの増えれば毛羽立ってこころは搦《から》むこの老犬も

でも言えぬわたしを追い越す自転車のスポークの風がひるがお散らす

右足をわずかに砂に差し入れたまま乾涸らびた仰向けの亀

名を呼べど聞こえぬ白き長毛よ何を眺める冬の陽差しに

睫毛濃き犬のとなりに座りこむ小春日和のコンクリ温し

眼鏡なく浜を見やれば老犬は夕陽に溶ける美しき駒

手花火のバケツに海を盗み取り神のように火を落とし続ける

口もとの和毛をよだれで束にしてお前の今は幸せなのか

疲れやすき私は途中で座りしが先へとなおも引く力あり

ユダ宿る横顔

眠剤を（願ってしまった死を）くるむチーズの皺を指でならせり

想いも身体も真白きお前を攫いゆく痴呆の波の果てで、死にき

先端ゆ冷たくなりぬ犬もヒトも呼吸とともに睫毛揺るれど

愛情の不足は語らず白き犬に白き花もてより白くする

風の薫をたよりにお前は駆けてゆく毛先まで解放にふるわせ

天国へ行ってね少女の姿した祖母を途中で拾ってあげてね

青フェンスの網目でこまかく砕かれたその横顔にユダが宿りぬ

ユダ宿るその横顔のむこうから夕陽に象《かたど》られてしまう心も

方舟

果ての惑星《ほし》にキリンの檻は溢れおり　こうしてばらまかれた生と死は

薔薇のない緑の苑の上空を仰ぐケルビムのまなざし避けて

平日の動物園で静かなるめまいして　ここが方舟だった

動物の言葉を持たぬまなざしよ知性など直ぐぬめりを帯びる

争いを好まぬ我ら　群雲をはぐれて行方の知らぬ灰色

水際のようにダリヤは泡立って咲けりあなたと手を繫ぎ見る

方舟の行き着く先でもしあわせは着いた途端に消えてしまうの

汗ばんで額に張り付く前髪を陽の射す中ではらってくれる

飛行機雲は九月の空の端にありほつれるように夕焼けが来る

唇は強い力じゃ開かれずやさしすぎても苦しいと知る

こころの場所問うとき君は全身と答えて触れてくれるこの肩に

ほどける

空にある寿命を思う　その軸の夕月は御仏の眼の色をして

青葡萄を指で弾けりあくまでも感情の水位は喉を超えない

「バカ高」と呼ばれし校舎の四枚の窓をつたって陽は沈みけり

かわいい付箋ばかり失くせりこの家に少しずつ散らばってゆく私は

恋人の優しさばかりが養分の一輪の花になりたかったのです

濡れたものはより朽ちやすく握られた右手で白い食器を洗う

飛行機雲ほどけて名前も失いぬ　いつも君より劣っていたい

さむかろう満月は地に近づきて人が吐きたる白き湯気浴ぶ

白魚の天麩羅噛めば小さけれど意思あるものの脂の味す

静もりて豊かに増える体積の日向色してかぼちゃも揚がる

喪って戻そうとして日常をあたたかい食べ物で囲んだ

家族から遺族となりてわたしたち小舟で暮らしています、四人で

米を研ぐ一粒ひとつぶ凝視する光が眼となりのぞき込みくる

フロントガラスを塩辛蜻蛉が横断す　わたしは海だよ先に行きなよ

反射光

電波のわるいラジオに流れてくるオペラ鼻唄で繋げたところが眩しい

遊歩道で背中を見つめる今だけを欲すれど水面に酔いていつ

夕焼けの中でふれあうゆびとゆび均等でない存在の濃さ

みずうみを映し疲れて帰路でする未来の話に反射光さす

歌声としぶきがあまりに光るのでもう一度名前をよぶ噴水前

カメラ越しに噴水を見る　濃くて強いものからピントのあいゆく世界

さすべきか迷って傘をおろしたら翼のようだふたりの影に

ふたりして翼を持った影となる　同じタイミングで天国へ行こう

春のゲヘナ

冬言いし言葉から蝶が産まれたがみたび羽ばたきほとりと落ちぬ

言葉とは重たいだろう淡き想い持つものだけが空へ近づく

あの世から桜眺めるこころあり幾千もあり春は翳りぬ

君の手が君の死後にも灯となるから触れるやわく絡ませ

初冬の浴そう磨く　水が揉む私というういつか消えてしまう影

言葉にも淡き影あり洗いざらしのあなたのシャツをひたりと冷やす

半分濡れたままのあなたの髪の毛を渇かす行為に名前をつける

梨を切りたべさせあえば甘き歯に甘き果汁がしたたり白い

ふたりだけの詩を詠むあそび沈黙に金木犀のふたつ、みつ、落つ

浜にある貝のひとつにしてほしい私の骨を砕いて、いつか

すくっても

病む母と父は繭のなか　飼い猫もなんど呼べども来ず巨き家

白き我が家の天窓見上げたり底方《そこい》におれば月光眩し

月影に生れた泥だよすくってもすくっても母は沈んでしまう

この家に「母」は隠れて一日中眠りてたまに砂糖菓子食う

祈りとは日々の行為のなかにある　床を磨けりこれは祈りだ

顔面に未練びっしりまといつかせあなたのように萎びた向日葵

朝ぼらけ娘には言えぬ感情や腕をスーツの袖に通せり

一千万当たればアイスカフェオレが毎日飲めると笑いぬ母は

たのしい日をつないで生きる凍空の星座はそうして創られたらしい

私を置いてゆくものばかり溢れいる世界にぽっつりとこの猫はいる

優しき黙

時間がなどと人は言いたり過ぎるほど散り積もるほどにおいは饐えて

金の葉を一心に受く　その自死を忘れるための今生の手は

右の額を車窓につけて眠りし日　世界にもたれて揺られていた日

想像力持たぬ電柱抱き寄せる君といるより泣けるのはなぜ

でも触れてあなたを噛んでわたくしを残す日の万華鏡のかたむき

この世の何処に眼はあるか　くるりくるりと誰かのカレイドの中にいて

君もどこかの鏡に映る君であり両手で化粧水つけてやりぬ

疚しさから裂けて溢れるやさしさの、くらぐらと瞼も思考の裂け目

四肢のある肉焼きつくすためだけの赤もありなん紅葉拾いぬ

いつだって言葉の前に価値があり呼ぶたび君と彷《はぐ》れる我か

見透かされない顔で笑むとき水深はわたしも分からなくて心の

答えばかりを探してしまうね秋の穂におぉいと喚べりやさしき黙よ

ともに行くどの花園も花はなくふたりの死後に咲きあふれたり

私じゃないわたしが君といてほしいリネンに川を生んでは消す指

マネキンは腕を外して脱がされる生ぬるそうな乳房をさらし

耳かきをするため深く身を倒すあらそえぬから底まで覗く

抱かれてどうして心の擦れる日よ　泡立たぬ透明なレモン石鹸

秋深くなるたび鱗は剝がれゆく落葉のかけら目に入る痛み

夢路の果て

風圧で蝶を抱き込み轢きしのち車体つやめく傲りのごとく

ものおもう時間に睫毛は伸びゆけり君眺むればやさしく翳る

目つむれど雨はまぶたに光《かげ》となり晒されてしまうこの輪郭が

生前のあなたに似たる後ろ姿の晩夏の雨に案山子は立てり

母を待つ幼の頬にほつれゆく糸あり迷子はかくも淡くて

自動ドア開けばひかり、おどろきてトビウオの稚魚胸より放つ

生き継いできたのに。今日の我が影もあなたの死後の冷感がある

ただひとつの惑星《ほし》に群がり生きたれどみな孤独ゆえ髪を洗えり

柔ければくだかれるのみ石鹸やあなたを見つめる眼の白さなど

君がための林檎の果皮は脂ぎり処女たりし我が頬思い出す

白百合の雌しべにちいさな電球を嵌めて夢路の果てまで行こう

Ⅳ

正論とカーテン

正論と椿美し　言うときも聞くときもこころ散ってしまいぬ

カーテンは陽を孕みおり非正規の言う正論にうなずく子らよ

四度目の母失いし少年のまつげに銀河産みやまぬ涙

ああ、正論。聞いても言っても哀しさの極まる夜に抱くものおらず

雨の窓に猫を抱いて背を向ける世間から透明に見られたい

我のみが歯車ならずこの家の異物が風呂を洗ったりする

あれは梅、子らに教えればゆくさきで咲く梅に我が声も咲き継ぐ

君たちへの笑顔の裏では先生も泣くし怒るしキスだってする

見えない壺、すなわち心を売りさばく愚かな女と私を嘲笑え

福袋なる我がぜい肉か揉みに来る手はつぎつぎに笑みで弾けり

体力がもの言う仕事も恋愛もジム登録に濃く名前書く

「ごめんね」で終われる世界の陰翳の濃さにまばたきをし続ける

赦しがない世界の翳《かげ》をまだ知らぬ眩しき群れに目を細めたり

外側にいる寂しき自由

手をつなぎ駆け上がる丘　近づけば気付く花の香は空からすると

優しさだけあってもだめで人間も牛も乳房にあおき血管

母性とはここでも搾取されていた「乳搾り体験」の行列に入る

遠くの馬や飛行機雲に手を振りぬ人間はいつも柵のそとがわ

目の見えぬ馬「アパッチ」よ、にんじんをあげよう寂しき自由のもとに

つばめ進入防止ネットをくぐり抜けあなたの声が教会《チャペル》に響く

初夏の空がどの写真にも写り込みどこかが必ず青、海のよう

丘の上に立ち彼方から見やるとき地球はだれの左眼なのか

君のシャツを干す日曜日あるだけを見つめて生きる五月は光る

ばかにしても優しい男わたしより丸く小さき尻に足を置く

波紋

解さるる卵にこころがあるものか　我のみ叱責する上司あり

今お茶を飲まず配慮が足らぬこと謝っており黄の渦はげし

不知火に指を濡らして食みており「普通はしない」と言われてばかり

我がために我が生きづらさ指摘してくだされば心の中で立つ指

朝食にみかんを二つ　犯罪《パワハラ》を申告する日の光源として

和解とは「上」が言うもの上の上に言った私に優しい上司

契約としての優しき渦にいる上司も子らを呼ぶ我もまた

頭の形で子を見る朝よ各親の数だけ挨拶の顔がある

子供らの声に浮力あり駆けっこの歓声に事務所のカーテンは揺れ

男運に悩める友のまばたきが重そうに付け睫毛をうごかす

それぞれに運なきものがコーヒーに入れる角砂糖ひとつの波紋

易しき二択

満開をうれしがる声はひるがえり臨時休校の話題にうつる

春荒に折られしチューリップを捨てつ　見えぬものには勝てないのだな

スペインでおとうと死にき私には居らねど誰かのおとうと死にき

声のみで婚姻の話進めゆく切りしのち画面の脂を拭い

通話画面に写真を登録しないから鈍色の人が君になりゆく

やむなしと思う延期を告げている明るい色をして泣く小熊

日常に声のみ混ざりゆく人よその背景の桜白かり

式という陽炎なんども遠ざかりずっと花嫁のゆめ見る鬱金香《うこんこう》

一年はこの幼子に両の手で抱くおおきさカレンダー持ちて

「新人妻」と私を呼ぶな　と思いつつ笑顔のわたしに勝算はなく

たんぽぽで花占いする幼子よそんなに悩んでも易しき二択

サッシュの光《かげ》のかたちに温度は斑なり会いたさを忘れるほどに会えない

この世にはラベルが溢れ何回も貼っても剝がれてしまう「普通」は

鍵開けるとき人はみな俯けり生きづらい子は生きづらい大人になるだけ

月を洗う

かたつむりの種類に心渦巻きぬ紫陽花の上に我も軽かり

鬼灯に髪をひとすじ引かれいて　あなただろうか　夏雲厚い

冗談に細かな嫌味がはさまれてステンドグラスのなり損ないめ

無理という感情ひとつザルにあけた野菜のなかで水弾きおり

いつよりか増えし臓器よ赦せない感情の癒着はずっと痛くて

揚羽蝶の交尾眺めり　免許更新するたび思う美しければ

家とは補充するものばかり母親の細すぎる足首をじっと憶える

果物を白磁の皿に乗せる指のたりと梨の中身にふれる

まだ生きるという遊びをしながらも襟まできちんとアイロンかける

大雨を駆けるとき君も職もないどこかで生きるわたしを追い抜く

言葉見えぬゆえに澄みたる猫たちのまなこの中で月を洗いぬ

帰宅して額寄せれば喉鳴る春には発酵するもの多し

そうか、もうお前さえいないこの惑星《ほし》に撫でるもの探して生きるのか

どこかにはいる気がしても探せないどこにも辿り着けないこころ

見送ってばかりで誰に会いたいか思い出せずにまた春に立つ

V

脈打つ水

高架下のフェンスにごみの増えゆけり冷蔵庫、たんす、信仰、自転車

影のなかに後ろめたさの湿りくる打ち捨てられた地蔵の背中

信仰がかつての温とき夢を見つ仄昏き水に腐りながらも

「ようこ、ようこ」と喚ばう声せり泥濘に浸かりし一人用冷蔵庫から

飲食《おんじき》を繰り返し、死に歩みよる。時に下着を湯に洗いつつ

飲食《おんじき》の果てに佇む石彫りの地蔵りぃんと身体を冷やし

私たちは待ったり見送ったりしつつ日照雨には傘をささずに生きる

はじめから死は決められているらしい　古書市の本で知ってしまえり

何を聞いてもすぐに忘れる哀しさの洞のひとつに地蔵を置きぬ

枕に声を吸わせる夜更けその下の脈打つ水にいつか還らな

先に

振りかえるのは私が先で、あ、と言いあなたに海のひかりを教えた

燃えながら鳴る鐘までを触ってね乳房は心の膜にすぎない

わたくしの芯にある鐘は燃えながら許せぬままに生きよと揺れる

群生の白詰草のすき間から聞こえる声を踏み越えて行く

夢の中さえ見送ってきた歳月の果てにあるベンチみたいで座る

くぼませた形に右手さし出してひかりの屑に鳩を集める

また先に見送るだろう死ぬまでの姓でも揃えて明日も会おう

それぞれが惑星かもね　私たちも誰かに吸われてしまうタピオカ

光あれ

ワイシャツはすべて水色の恋人がシャツごと越して夫となりぬ

延長につぐ延長に真白なるコードのみ選りて生活始める

時間にも血管があり君を待つ身体に異物として泳ぐ魚《うお》

水換えの魚のおらぬ水槽の奥行きに光がひととき遊ぶ

水中の淡き時間にゆれている尾ひれにじゃれるふやけた餌は

あまたある神の御腕の一本に君がいて林檎を我が唇におく

青き魚ときみを待ちたる毎日にひるがえる鱗のような午睡は

だれの傍にも死はにおえども　発光する秋穂に触れる風が薫りぬ

この世のどこかで私の顔が死ぬまでは繰り返される秋の背泳ぎ

黙という深き林檎を割る朝よ死者にも等しくこの光あれ

群青の空洞

許すことと忘れることのあわいには片時雨降りやまず草生ゆ

これからも見送る立場　空そして我が眼に虹の舌が触れおり
日輪にやがて至らん輪廻から外れて燃えるしかないあなた

三枚の端切れのごとき虹立ちて忽ち失せぬ　あなたもそうか

傷つけるという技巧なし虹にさえ腐敗はありて雨のぬめりよ

子を成せばできぬと説かれ群青の空洞として雨に立ちたり

抱かれるときにその眼に透けている七つの冬を見てから閉じる

絵はがきを貼る

関節を痛めるしごと　雨後のそらにみずあめの垂るるごときゆうやけ

あ、そら色の傘落ちている　東桜学区の坂で空を畳めり

言い尽くしても死後ゆえことばも澄みわたるしかない青に日傘を差しぬ

何人も入れがたき庭に咲く椿の白さよ選んだ方が間違い

花になき自死の血筋の手を伸べて水を与えて花がらを摘む

菜の花を茹でて匂いのけぶりたる心が換気扇に吸われぬ

眠りから眠りのはざまで君の手は灯るからそこで寝返りをうつ

おしなべて葉を塗りつぶす朝陽あり働くこころに伊吹山映ゆ

裸木にもかすかな腕力　冬空をいっせいに持ち上げ薄青はるか

間に合うという美しさ　君がため開ける玄関に絵はがきを貼る

あとがき

十三歳の時に、滝廉太郎の「花」の授業を受けた。教科書の挿絵がそれはそれは美しく、柔らかく波打つ川面に一艘の舟が浮かび、櫂の先から桃色のしずくが輝きながら散っていた。もしかしたら桜の花びらだったかもしれないし、そもそも美化された記憶だろうとも思うが、当時は授業そっちのけでそのしずくの味を想像してはうっとりとしていた。この挿絵の川魚になって、落ちてくるしずくを残らず口に含みたいと教科書を眺めた。

十代の私はそんな感じにいつもふわふわと頭の中で落ち着きなく考え事をしていて苦手なことが多く、とにかくぼんやりしていた。高校へ進学してからも変わらず音楽や小説や絵のことばかり考えていて、何とも上手く馴染めていなかったなと今は思う。

ぼんやりと生きてきた私だが、ここ数年で家族や知人を立て続けに喪った。家族は祖母、祖父、飼っていた鳥、犬の順に、そして一昨年は一番の親友であった猫も死んでしまった。

大きな喪失で失うのはその命だけでなく、それが起きる前の自分の世界や言葉が私の姿となって共に逝くのだと感じた。猫を見送った時は、籠いっぱいに色とりどりの花を敷きつめ、パンと水と少しのミルクを入れた。籠ごと抱きしめて泣くとお腹の白い毛が水滴で束になり、私たちの涙で猫は濡れながら焼かれた。

見送るたびに価値観は変えられ、特に言葉の意味を考え続けた。そして今は、おそらく言葉に意味はないのだろうと感じている。言葉にしてもしなくても、言葉はこの世の借り物でしかなく、真に他者の想いを知る人は誰もいないのだと思う。私たちは鳥や魚や植物たちと同じように自然の一部であり、（生きていても死んでいても）あの桃色のしずくのように一瞬を個として生まれてまた水面に戻る、ただそれだけの存在である。そして言葉も、言葉にならなかった想いも等しくその一滴の重さを持つのだと感じる。

　猫を見送るとき、命を小舟に乗せて押し出すような感覚を覚えた。手を離すのはとても悲しい瞬間だが、命も言葉も見続けてさえいれば、ずっと光り続けてくれるのだと猫を喪って知った。詠むこともまた私にとって見続けることで、光を見るために続けているのだろう。意味はないと思いつつ見続ける矛盾を不思議に思う。

　今まで見送ったものもこれから見送っていく小舟の航跡も、光っていてほしい。


　友人もろくにつくれなかった高校時代にインターネットで短歌を投稿し始めて、二、三人と交流する毎日が私にとっての短歌の世界だったが、気付けば十年が経っていた。短歌を通してたくさんの人と出逢い、歌集まで出版させていただくこともできた。

　いつも私たちを見守り、あらゆることを教えてくださる島田修三先生、結社

「まひる野」の先輩方や仲間たち、応援してくれた家族、当時の私に角川短歌賞のことを教えてくれた今北紀美恵さんに、この場をお借りして心より御礼申し上げます。また、出版を引き受けてくださった角川「短歌」の矢野敦志さんと打田翼さん、装画を担当いただいたキムラトモミさんにも心より御礼申し上げます。ありがとうございました。

私は賢いわけでもなく、歌人として信頼に足る自分であると胸を張ることもできておりませんが、当時「一人、教室」という題でポストに五十首を投函した孤独だった少女に「おーい、まだ続けているよ」と言い続けられるよう精進してまいります。

二〇二一年七月一六日

立花　開

◆著者略歴

立花　開（たちばな　はるき）

一九九三年生まれ。愛知県出身。二〇一一年愛知県立津島高等学校在学中に「一人、教室」で第五七回角川短歌賞を受賞。二〇一二年結社「まひる野」に入会。同人誌「くわしんふう」、キムラトモミ×立花開ポストカードブック「カレイドの中にいて」。

歌集 ひかりを渡《わた》る舟《ふね》

初版発行　2021年 9 月30日

著　者　立花 開
発行者　宍戸健司
発　行　公益財団法人 角川文化振興財団
〒359-0023　埼玉県所沢市東所沢和田3-31-3
ところざわサクラタウン 角川武蔵野ミュージアム
電話 04-2003-8717
https://www.kadokawa-zaidan.or.jp/
発　売　株式会社 KADOKAWA
〒102-8177　東京都千代田区富士見2-13-3
電話 0570-002-301（ナビダイヤル）
https://www.kadokawa.co.jp/
印刷製本　中央精版印刷株式会社
 ISBN978-4-04-884439-0 C0092